GUÍA DE LECTURA

Escrita por Sergio Román

Niebla

de Miguel de Unamuno

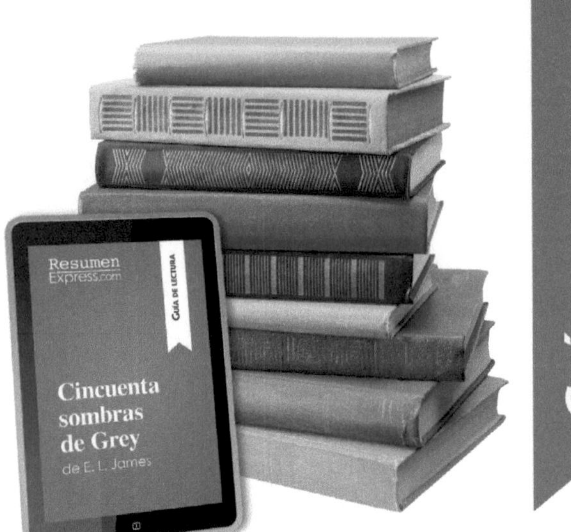

Entiende fácilmente la literatura con

Resumen
Express.com

www.resumenexpress.com

MIGUEL DE UNAMUNO

EL LEGADO DEL EXISTENCIALISMO EN ESPAÑA

- **Nacido en 1864 en Bilbao (España)**
- **Fallecido en 1936 en Salamanca (España)**
- **Algunas de sus obras:**
    - *La esfinge* (1898), teatro
    - *Paz en la guerra* (1895), novela/ensayo
    - *Amor y pedagogía* (1902), novela/ensayo
    - *San Manuel Bueno, mártir* (1931), novela

Miguel de Unamuno, que nació en Bilbao, es uno de los escritores y pensadores españoles más importantes de la primera mitad del siglo XX. Estudió filosofía entre 1880 y 1884 en Madrid, donde conoció a distintos autores. Quizás quienes más lo influenciaron fueron Hegel, Schopenhauer, Spinoza y Kierkegaard. En 1900 fue nombrado rector de la Universidad de Salamanca, en la que dictó la cátedra de Lengua y Literatura Griega y la cátedra de Historia de la Lengua Castellana. La búsqueda filosófica de Miguel de Unamuno estuvo orientada a tratar de entender la angustia de un hombre sin finalidad en la vida, desde una perspectiva existencialista.

Al igual que muchos otros escritores pertenecientes a la Generación del 98, se dedicó a describir la geografía de España y Europa, en obras como *Paisajes* (1902), *De mi país* (1903) y *Por tierras de Portugal y de España* (1911). También se ocupó de investigar acerca de la palabra y el lenguaje, particularmente en diversos ensayos filosóficos, escritos entre 1894 y 1911, y en *En torno al casticismo*. A pesar de estos escritos, la mayoría de su legado filosófico debe ser desentrañado de su obra literaria. Él mismo sostenía que la tradición filosófica española no estaba plasmada en sistemas lógicos sino en novelas; las más significativas, en su opinión, *Don Quijote de la Mancha* y *La vida es sueño*, de Miguel de Cervantes y Pedro Calderón de la Barca, respectivamente. Desde 1886, con su novela corta *Ver con los ojos* y la colección de novelas cortas *El espejo de la muerte* (1888-1912), se empieza a entender el uso de este género literario como apto para expresar ideas filosóficas complejas, ya que en él confluyen las emociones humanas y, por ende, se manifiesta la contradicción entre sentir y pensar. En *Paz en la guerra* (1897), esta particular forma de entender la novela se mezcla con el tema de la muerte. En *Amor y pedagogía* (1902), considerada el germen de *Niebla* (1914), abundan las citas literarias y filosóficas, y se trata el tema del suicidio y del destino individual tras la muerte, una de las grandes obsesiones de De Unamuno.

También es importante recalcar la importancia del teatro en su producción literaria, con obras como *La esfinge* (1898) o *La venda* (1913); en esta última, trató la existencia de Dios. En 1909 orientó su producción hacia la comedia, en obras como *La princesa doña Lambra*; el motivo de este viraje tuvo que ver con el deseo de fundir lo anecdótico con los problemas más íntimos del individuo.

En 1934, De Unamuno se jubiló de la Universidad de Salamanca. Murió súbitamente al comienzo de la guerra civil española, el 31 de diciembre de 1936, después de soportar la muerte de su mujer y su hija.

NIEBLA

LAS PROFUNDIDADES ÍNTIMAS DEL INDIVIDUO

- **Género:** novela
- **Edición de referencia:** De Unamuno, Miguel. 2003. *Niebla*. Nezahualcóyotl: Ediciones Leyenda
- **Primera edición:** 1914
- **Temáticas:** existencialismo, teatro del mundo, lo neblinoso: el autor y su creación

Niebla cuenta la historia de Augusto Pérez, un hombre pudiente que vive una vida tranquila y contemplativa, solo, con sus criados Domingo y Liduvina. Sin embargo, esa paz se verá amenazada por un encuentro fortuito en la calle con una pianista llamada Eugenia. A partir de este encuentro, Augusto se enamora de Eugenia y tendrá que vivir, a continuación, un terrible desengaño, que le hará cambiar por completo su visión y su forma de estar en el mundo. En un principio, se va a preguntar por la diferencia entre el amor y la atracción física; luego, se va a cuestionar los límites entre la realidad y la ficción; y, por último, se preguntará por el sentido mismo de su vida y de la vida en general.

En su momento, *Niebla* fue criticada de manera negativa por los expertos, por estar plagada de cuestionamientos existenciales y por ser tan rica y diversa en términos formales. Sin embargo, este no fue el caso del público de a pie, que se vio contagiado de su estilo fresco que anticipó las técnicas narrativas del siglo XX.

RESUMEN

CASTILLOS DEL ALMA

Niebla es una novela profundamente introspectiva, y durante gran parte del libro somos espectadores de los soliloquios de Augusto Pérez. Desde un primer momento, nos enteramos de que es un hombre angustiado e inadecuado y de que este malestar tiene su origen en el simple hecho de estar vivo. En el primer capítulo, cuando se prepara para salir de casa, se ve inmerso en un conflicto: no sabe si abrir el paraguas o no. Luego, una vez en la calle, para saber a dónde ir, elige seguir a un perro. A partir de estos dos episodios está claro que Augusto es un *flaneur*, un amante de lo azaroso y un agudo observador de su entorno. Su trasegar indefinido es interrumpido, sin embargo, cuando ve por primera vez a Eugenia Domingo, una joven profesora de piano (aunque odia tocar el piano) que vive con sus tíos Ermelinda y Fermín, con caracteres completamente opuestos —la primera es una tradicionalista y el segundo, un anarquista—. Entonces, Augusto cree enamorarse de ella, y decide conquistarla a toda costa.

En ese punto se acaban los días aparentemente apacibles de Augusto: el amor le hará cambiar por completo su perspectiva de la vida. Los abundantes monólogos se intercalan con un sinnúmero de diálogos que Augusto mantiene con Víctor Goti, su mejor amigo y autor de uno de los dos prólogos del libro, y con Domingo y Liduvina, sus fieles criados, con quienes charla acerca de su reciente enamoramiento.

NO EXISTIR TAMBIÉN ES EXISTIR

A partir del momento del enamoramiento, la sensación que tiene Augusto es la de no existir o, por lo menos, la de no existir por completo. Esa sensación se intensifica a medida que la trama se vuelve más compleja: en un primer momento, cuando Augusto se entera de que Eugenia está enamorada de otro hombre (un vago llamado Mauricio) y, luego, cuando empieza a ver con otros ojos a Rosario, la planchadora.

Augusto siente que sus sentimientos por Eugenia han activado en él la capacidad de amar. Tanto es así que, en algunos momentos, empieza a ver con otros ojos a su criada Liduvina. Sin embargo, esta transformación sucede a un nivel profundamente íntimo; cuando llega el momento de la acción, toda la anticipación se refleja en su cuerpo, que sufre de toda clase de desmayos. Es en esos momentos en los que Augusto dice sentirse como en medio de una niebla, donde su misma seguridad ontológica se pone en duda.

EL INFIERNO SON LOS OTROS

Augusto decide hacer todo lo que está en sus manos para ganar el corazón de Eugenia. Por ejemplo, decide pagar la hipoteca de su casa para que ella no tenga que seguir dando clases de piano. Sin embargo, Eugenia no se toma bien ese gesto y lo acusa de querer comprarla. Augusto lo niega y se ofrece incluso a ser el padrino de bodas de Mauricio, el prometido de Eugenia. La boda, no obstante, nunca se lleva a cabo porque Mauricio es tan vago que se niega a conseguir trabajo para mantener a Eugenia.

Hacia el final, la presencia del autor del texto, un personaje que representa al escritor de la obra, se empieza a manifestar de manera directa: hay un pasaje en el que, en letras cursivas, De Unamuno se dirige al lector y le dice que, en último término, es él quien decide los destinos de los personajes de la novela.

HAGAMOS LO QUE DIGA EL CORAZÓN

Al final, Eugenia engaña a Augusto: le dice que le consiga un trabajo a Mauricio en otra ciudad, pues no lo quiere ver más y, además, le pide que se casen. Sin embargo, días antes del matrimonio, Eugenia escapa con Mauricio y deja a Augusto al borde del suicidio. Antes de suicidarse, Augusto hace una visita a Miguel de Unamuno (el personaje del autor), quien le hace entender que él lo sabe todo acerca de su vida, y que sus intuiciones eran ciertas: Augusto no es más que un ente de ficción. Al saber esto, Augusto le dice que a lo mejor están en igualdad de condiciones, que ambos son entes de ficción, solo que cada uno obedece a creadores distintos; en el caso de De Unamuno se trata de Dios. De Unamuno, en un ataque de ira, dice que en su condición de creador ha decidido matarlo. Augusto va a su casa y por la angustia se come toda la comida de la alacena. Al día siguiente, Augusto amanece muerto y su perro, Orfeo, muere de pena moral, no sin antes hacer un último monólogo en el que habla de la pobre condición del ser humano.

¿SABÍA QUE...?

Miguel de Unamuno era considerado un genio excéntrico a causa de su manera de vestir, muy distinta a los hombres de su edad: llevaba gabardina, jersey cerrado o chaleco y un sencillo sombrero negro.

ESTUDIO DE LOS PERSONAJES

Como ya se ha señalado, tal vez lo más importante a tener en cuenta cuando hablamos de los personajes de *Niebla* es la activa participación dentro del relato del autor, que llega incluso a interpelar al lector muchas veces. Al resto de los personajes los conocemos a través de diálogos anecdóticos con los que se terminan revelando sus aspectos más íntimos. En ese vaivén entre lo trágico y lo cómico, se van desenvolviendo sus personalidades, y a través de sus voces se va filtrando el pensamiento filosófico de De Unamuno.

AUGUSTO PÉREZ

Augusto es el protagonista de la historia, el personaje sobre el cual cae toda la tensión dramática de la novela y, además, el que más cambia a lo largo del libro.

En los primeros capítulos, vemos a un clásico *flaneur* amante de la vida contemplativa, inmerso por completo en su imaginación y preocupado por la estética. Augusto puede permitirse tal estilo de vida porque es un hombre rico y solitario.

Uno de los elementos más importantes de la psicología de Augusto es todo lo que tiene que ver con su madre, quien lo crió y lo cuidó (y tal vez lo sobreprotegió). La mujer aparece constantemente en sus sueños, ensoñaciones y en las palabras de consejo de Liduvina. Quizás uno de los objetivos más importantes de Augusto como personaje es encontrar una esposa para que lo cuide como lo cuidó ella. No son pocas las veces que varios de los personajes repiten que una esposa es como una madre para después del matrimonio. Entendemos que la relación de Augusto con su madre tiene algo de edípica. En cierta medida, se trata de un aspecto cómico de la novela, pero también configura las profundidades psicológicas del personaje.

EUGENIA DOMINGO DEL ARCO

Eugenia Domingo es una bella profesora de piano que vive con sus tíos, Ermelinda y Fermín. A pesar de ello, Eugenia busca con desenfreno su independencia. Por eso da clases de piano, cosa que odia, para poder pagar la hipoteca de una casa que le dejaron sus padres.

Para Eugenia lo más importante es la libertad, sobre todo la libertad de elegir con quién se va a casar. Está enamorada de Mauricio, un vago que no quiere conseguir trabajo para mantenerla y, con tal de poder vivir con él, contempla la posibilidad de mantenerlo por un tiempo, hasta que consiga trabajo.

Al final, se hace pasar por amiga de Augusto y acepta su propuesta de matrimonio. Una vez se ha ganado su confianza, hace que le consiga un trabajo a Mauricio en un lugar lejano, solo para escapar con él y cumplir su único objetivo: casarse con quien ella quiso desde el principio.

VÍCTOR GOTI

Víctor Goti es el confidente y compañero de ajedrez de Augusto Pérez. Es un personaje importante a nivel narrativo, que supera lo simplemente anecdótico ya que, aunque no tiene una incidencia significativa en la acción, parece ser una segunda voz de De Unamuno. Notamos esta duplicación desde que aparece por primera vez en el prólogo; en él se hacen explícitas las ideas de De Unamuno acerca del medio literario y de la crítica.

ERMELINDA Y FERMÍN

Ermelinda y Fermín son los tíos de Eugenia. Casi siempre están juntos, pero su papel en la obra es el de crear tensiones, pues están en orillas opuestas de pensamiento: mientras que la tía es una tradicionalista y cree que Eugenia debe ser una señorita, Fermín es un anarquista que cree, ante todo, en la libertad.

ORFEO

Orfeo, el perro de Augusto Pérez, resulta ser mucho más importante de lo que el lector intuye. La introspección del protagonista se ve dirigida hacia él: Orfeo escucha con paciencia todas las reflexiones, todos los análisis internos y los monólogos. Por supuesto, este elemento realza el carácter tragicómico del relato.

Hacia el final, en el epílogo, Orfeo se convierte en una tercera voz de De Unamuno: a partir de ella, puede hablar de la condición humana desde una mirada distante y, en cierto modo, performática, es decir, sabiendo que las palabras tienen la capacidad de crear el mundo alrededor.

EL AUTOR

Ya hemos sugerido que una de las particularidades de esta novela es su forma: no es una novela convencional, por lo menos para su época. Sin duda alguna, uno de los elementos más sorprendentes es la participación activa del autor como personaje, del autor-creador como fuerza omnipotente que crea los destinos de todos los personajes: desde la escritura del postprólogo hasta su aparición directa en el capítulo 25, en el que le recuerda al lector que está leyendo una novela y que el destino de los personajes está determinado por él. Finalmente, su gran aparición tiene lugar en los capítulos en los que, a pesar de todo, Augusto Pérez logra desestabilizar y cuestionar su lugar de poder, al ponerlo al mismo nivel que todos los demás entes de ficción.

CONSIDERACIONES FORMALES

NOVELA O *NIVOLA*

Si queremos ser estrictos, tendremos que decir que *Niebla* no es una novela, sino una *nivola*, como la llamaba su autor. Lo que resulta particular de esta denominación es que se le advierte al lector sobre ella desde el mismísimo prólogo escrito por Víctor Goti, quien es el supuesto inventor del género. De esto se habla también en el capítulo 17:

> «Mi novela no tiene argumento o mejor dicho, será el que vaya saliendo. [...] Mis personajes se irán haciendo según obre y hablen; su carácter se ira formando poco a poco. Y a veces su carácter será el de no tenerlo [...]. Lo que hay es diálogo; sobre todo diálogo. La cosa es que los personajes hablen mucho y no digan nada [...] empezarás creyendo que los llevas tú de tu mano, y es fácil que acabes convenciéndote de que son ellos los que te llevan. [...] en esa novela pienso meter todo lo que se me ocurre, sea como fuese. –Pues acabará no siendo novela. –No, será... nivola» (De Unamuno 2003, 75-76).

Estas palabras de Víctor Goti son un guiño, una explicación dentro de la novela acerca de aspectos de ella misma, claves acerca de su estructura y su manera de ser. Es justamente así, de manera efervescente, que Goti describe la acción dramática: una acción que se desarrolla entre monólogos estructurados según el flujo de consciencia, erráticos, y extensos diálogos que contienen anécdotas que les suceden a los personajes de la novela y a otros externos a ella, y que muchas veces se transforman en especies de moralejas. La gran cantidad de diálogos obedece a la necesidad de De Unamuno de imprimirle un carácter más dramático a la novela (*nivola*), que, como veremos más adelante, se justifica en una visión filosófica del mundo y de la vida como teatro.

Ya en los dos prólogos, entendemos, además, que la novela tiene una gran dosis de ironía. El humor es un elemento muy importante: las situaciones más dramáticas muchas veces están ridiculizadas, lo que ayuda a reforzar el aura pesimista del relato.

> «Don Miguel tiene la preocupación del bufo trágico y me ha dicho más de una vez que no quisiera morirse sin haber escrito una bufonada trágica o tragedia bufa, pero no en que lo bufo y lo grotesco y lo trágico estén mezclados o yuxtapuestos, sino fundidos y confundidos en uno» (De Unamuno 2003, 5)

El carácter cómico ayuda a Unamuno a expresar conceptos filosóficos de una manera más llevadera y entretenida para el lector, ya que tratar con la existencia y la razón de la vida no es un tema sencillo.

ESTRUCTURA

Quizás una de las cosas que más llama la atención del libro es su estructura formal. Sobre todo, cabe resaltar el doble prólogo, que nos da claves de lectura y, al mismo tiempo, juega con ella: uno de ellos está firmado por un tal Víctor Goti, quien dice ser un escritor principiante (luego entendemos que es uno de los personajes de la novela). El segundo prólogo o postprólogo es el escrito por el mismo Miguel de

Unamuno, en el que contradice varias de las ideas expuestas por Goti.

Este inicio con dos prólogos que se contradicen nos da una idea del carácter extraño de esta novela y nos mete en su juego de espejos. Goti, por ejemplo, nos da pistas de lo que estamos a punto de leer: él dice ser amigo tanto de De Unamuno, el autor, como de Augusto Pérez, su creación, y además nos cuenta el final. Así, desde el principio se nos advierte, de alguna manera, de que los planos de realidad y ficción se van a desdibujar, y también se nos dan pistas de que, tal vez, la acción y los hechos no son lo fundamental aquí.

Por el contrario, esta novela está más preocupada por estudiar las relaciones entre ficción y realidad y cómo esos límites son borrosos y pueden traspasarse. Así, lo más importante de su estructura es que tiene diversos planos de realidad. Hay una primera realidad, que es donde están los dos prologuistas, Goti y De Unamuno. Ellos dos serían lo externo, el marco dentro del cual se ubica la acción.

Sin embargo, muy pronto descubrimos que, en realidad, Goti es un personaje de la novela, que dice estar escribiendo sobre su amigo Augusto. Entonces, Goti sería el narrador. Este sería, pues, el segundo nivel de realidad: el de la acción de la novela. En esta parte, tenemos acceso a los flujos de conciencia de Augusto Pérez, a sus monólogos interiores y a sus conversaciones con su perro Orfeo. Es así como conocemos su personalidad y nos enteramos de que está enamorado de Eugenia.

Después de esta primera parte, más de pensamientos que de acción, tenemos una segunda parte en la que sucede todo y que sería un tercer plano de realidad: la de los personajes como entes de ficción. Esta parte va desde la presentación formal de Augusto en la casa de Eugenia hasta la burla y traición de ella. En esta parte aparecen muchos personajes secundarios cuyas historias se relacionan de alguna manera con la acción central. Estas apariciones sirven para hacerlo todo más verosímil y para llenar de contenido el escenario. Además, estos personajes tienen un papel de consejeros y facilitadores del diálogo, y le dan un tono más realista a la narración.

El siguiente plano de realidad es en el que Augusto se encuentra con su autor. En esta parte, la voz narrativa pasa de la tercera a la primera persona y esa voz se identifica como el autor de la novela. Esta es la parte más interesante y llamativa de toda la obra, pues en ella convergen el autor y su creación en el mismo lugar como iguales. Este autor no se siente superior a su obra y quiere dialogar con sus personajes que tienen vida y voluntad propias. Es como si, en un principio, el creador concibiera al personaje e, inmediatamente después, este se le fuera imponiendo debido a sus propias características y forma de ser. La mayor demostración de esta voluntad e imposición es que Augusto decide suicidarse.

Al final, hay un epílogo en el que se condensan todos los sentimientos de Orfeo, el fiel perro de Augusto, quien ha sido su escucha a lo largo de todo el relato.

Indudablemente, la estructura del libro obedece a esas diferentes etapas por la que pasa Augusto y que transforman su existencia: la perturbación que sufre su tranquila vida al enamorarse de Eugenia, los conflictos por lo que pasa debido a su desengaño con esta, la posibilidad de estar con Rosario y la confusión que esto trae a su vida y, finalmente, el encuentro con De Unamuno, a partir del cual pierde cualquier base ontológica y las dudas acerca de su existencia (o no-existencia) se ven confirmadas. Entonces, todo acaba con la caída en la locura y la muerte.

TEMÁTICAS Y CLAVES DE LECTURA

EXISTENCIALISMO

Aunque el amor sea el tema superficial de la novela, lo cierto es que es solo una excusa para hablar de otra gran cantidad de asuntos. Ya se ha dicho que la visión filosófica de De Unamuno está presente en sus novelas, pues argumenta que el uso del género narrativo es más apto para expresar las emociones de lo más profundo de la condición del ser humano que el ensayo: expresar estas nociones es, en últimas, lo que le interesa al autor. El uso de la novela se fundamenta en la contradicción que hay entre sentir y pensar. Su interés está en el individuo: desde ahí se expresa su arraigado existencialismo.

Así, lo que se desarrolla en *Niebla* es un compendio en el que, de manera nuclear, se expone una visión filosófica, estética, teológica y ética.

¿SABÍA QUE...?

No existe un acuerdo general y único en torno a la definición del existencialismo. Sin embargo, se puede decir que uno de sus postulados fundamentales, en el que todos coinciden y que fue acuñado por Sartre, es el hecho de que la existencia humana precede a su esencia. Esto quiere decir que no hay una naturaleza humana única que determine a los individuos, sino que ellos son libres y son sus actos lo que determina quiénes son y el sentido de sus vidas.

Según el existencialismo el ser humano es completamente libre y, por lo tanto, responsable de sus actos. Esto implica que debe tener una ética propia que se aparte de los sistemas de creencias externos.

No hay, pues, un solo existencialismo, sino una serie de ejes temáticos que oscilan sobre él. Es posible notar que la novela sucede entre dos ejes: el eje vida-sueño y el eje teatro del mundo. En estos dos ejes temáticos siempre está muy presente la preocupación por el lenguaje y la palabra. También hay otros subtemas recurrentes, como la obsesión con la muerte, con el suicidio y con el destino del alma después de la muerte. Estas preocupaciones se tratan en el epílogo en el que habla el perro Orfeo.

EL TEATRO DEL MUNDO

La idea del mundo y la vida como teatro ha obsesionado a diversos escritores a lo largo de la historia y De Unamuno sería uno más en beber de esta tradición que llegó a España gracias a Erasmo de Rotterdam y que se consolidó gracias a Calderón de la Barca y a Quevedo:

> «No olvides que es comedia nuestra vida
> y teatro de farsa el mundo todo
> y que todos en él somos farsantes;
> acuérdate que Dios, de esta comedia
> de argumento tan grande y tan difuso,
> es autor que la hizo y la compuso.

> Al que dio papel breve,
> solo le tocó hacerle como debe;
> y al que se le dio largo,
> solo el hacerle bien dejó a su cargo»
> (Quevedo 1635, Epícteto y Phocílides en español con
> consonantes).

Según esta visión, la vida es teatro en la medida en que cada ser humano está representando un papel al que debe ser fiel.

Así, esto se refleja en la obra de De Unamuno con el uso del monólogo y los abundantes diálogos, que reflejan la idea de que el artista tiene la tarea de destacar el drama íntimo del individuo: la vida es teatro, es drama y es comedia. Precisamente a partir de esta preocupación el asunto del tono humorístico encuentra su razón de ser: la anécdota forma parte de la cotidianidad del individuo, pero detrás de esa superficie se encuentra la profundidad del drama íntimo. Eso es la tragicomedia del ser humano, su dualidad y su contradicción incesante. Así mismo, Unamuno expresa esta dualidad desde el doble prólogo, desde la voz de Víctor Goti y la suya propia.

LO NEBLINOSO: EL AUTOR Y SU CREACIÓN

En el trasegar de la novela, hay también una pregunta por lo metafísico, que es realmente importante. El autor es el creador de los personajes y su universo pero, tal como Augusto Pérez recalca, ese creador también fue creado por otro, por Dios. El autor está al mismo nivel narrativo que sus personajes, lo que de cierta manera implica una disolución del yo. ¿Se puede llamar autor a un personaje que puede dialogar con sus creaciones?

Hay en esa noción un esfuerzo bastante moderno: la literatura del siglo XIX era realista, es decir que el lector, al estar en contacto con esa literatura, estaba en presencia de una historia transparente, coherente y lógica (una historia como la que ese mismo lector podía escuchar o ver en su barrio). Cuando uno lee Balzac, nunca se pregunta si el autor le está diciendo mentiras o si hay factores extraños que entren a jugar en la historia. Por el contrario, estamos frente a un espejo de la realidad. Sin embargo, el juego de De Unamuno con los narradores significa que no solo estamos frente a una buena historia, sino que también se cuestiona el mismo sentido de lo que es literario: qué es un autor, qué relación tiene con Dios, qué relación hay entre los autores y los personajes. Se trata de preguntas sobre el mismo sentido del lenguaje: ese lenguaje no es obvio, no se da por sentado, sino que se cuestiona.

El nombre de la novela, *Niebla*, alude a aquello que carece de límites, a lo confuso, como la relación extraña entre estos actores (Dios, autor, personaje). Dios crea al autor, quien crea a los personajes. Al final, se trata de una relación de infinitud. Dios, ese otro autor, puede haber sido creado por otra divinidad, y esa otra divinidad puede también a su vez haber sido creado, y así hasta el infinito.

La noción de autor es bastante importante en el siglo XX. Será explorada por muchos teóricos, y los textos de Unamuno y Borges servirán como punto focal de estas investigaciones. En concreto, y como pasa en *Niebla*, el autor ya no será dado por sentado. No solo se trata de que exista una persona que se dedique a explicar sus sentimientos o sus pensamientos en un texto, sino que esa persona podría no existir como la pensamos: es también una creación literaria, un personaje que se vende y se presenta al público de determinada manera, con una narrativa particular.

PISTAS PARA LA REFLEXIÓN

ALGUNAS PREGUNTAS PARA PROFUNDIZAR EN SU REFLEXIÓN...

- ¿Por qué cree usted que De Unamuno se hace personaje en la novela?
- ¿Por qué De Unamuno decide inventar un género para escribir *Niebla*?
- ¿Cuál cree usted que es la relación que hay entre *Niebla*, *El Quijote* y *La vida es sueño*?
- ¿Por qué el pensamiento filosófico de De Unamuno no se puede resumir en un sistema lógico y sí en una novela?
- ¿Cuál es el papel de los sirvientes en la novela y en qué se diferencia con lo que podrían representar y realizar en una obra más actual?

¡Su opinión nos interesa!
¡Deje un comentario en la página web de su librería en línea,
y comparta sus favoritos en las redes sociales!

PARA IR MÁS ALLÁ

EDICIÓN DE REFERENCIA

- De Unamuno, Miguel. 2010. *Niebla*. Nezahualcóyotl: Ediciones Leyenda.

ESTUDIOS DE REFERENCIA

- Díez, Ricardo. 1976. *El desarrollo estético de la novela de Unamuno*. Madrid: Playor.
- Olson, Paul. 1984. *Unamuno: Niebla*. Londres: Tamesis Books Ltd.
- Zubizarreta, Armando F. 1960. *Unamuno en su nivola*. Madrid: Taurus.

LECTURA RECOMENDADA

- Villegas, Juan. 1964. "*Niebla*: una ruta para autentificar la existencia". En *Pensamiento y Letras de España del siglo XX*. Editado por Germán Bleiberg y Edward Inman Fox. Nashville: Vanderbilt University Press.

ADAPTACIÓN

- *Niebla, de Miguel de Unamuno*. Dirigida por Fernando Méndez-Leite, con Luis Prendes, Mónica Randall, Gerardo Malla, Pilar Bayona y Daniel Martín. España: Radio Televisión Española, 1975.

ResumenExpress.com